AF340104

PÉLERINAGE

AUX PETITS CANTONS,

ET

ADIEUX A L'HELVÉTIE.

POÈMES

PAR M. J. B. D. DE LAVERGNE-FONTBONNE.

PARIS,

CHEZ LADVOCAT, LIBRAIRE, PALAIS-ROYAL.

—

1830.

CLERMONT, Imprimerie de THIBAUD-LANDRIOT.

NOTE PRÉLIMINAIRE.

LE *Pélerinage aux petits cantons* a été fait en 1809. A cette époque, la Suisse était comme rendue à sa liberté et à son indépendance par l'acte de médiation française de 1803, qui, tout onéreux qu'il était pour elle, avait du moins délivré son territoire de la présence d'une armée étrangère, et faisait goûter, au meilleur des peuples, un repos dont il avait un si grand besoin, et que n'osait espérer le reste de l'Europe.

La Suisse libre et indépendante depuis près de cinq siècles, heureuse au dedans, aimée et considérée au dehors, la Suisse envahie en 1798, et livrée au plus horrible vandalisme; la Suisse, enfin, recouvrant en quelque sorte ses droits et son repos après six ans de révolution; tel est le sujet de ce poëme. Il est particulièrement consacré aux petits cantons, parce qu'ils ont été, plus que les autres, le théâtre d'une résistance qui a tant ajouté aux fastes historiques de la Suisse, et qu'à la tête des illustres défenseurs que la Providence avait réservés à la patrie de Guillaume Tell et d'Arnold de Winkelried, il faut placer un descendant du vainqueur de Morgarten. Cet homme fut Aloys Reding, qui, héritier d'un beau nom, voulut en continuer la gloire, et renouvela les prodiges de 1315. Il doit être considéré comme le héros de la révolution helvétique. Après avoir été successivement promu à toutes les dignités de son pays, il fut élevé à celle de grand landamman. Chargé d'une haute mission auprès du gouvernement consulaire français, il s'y montra comme à Morgarten, et bientôt, lorsque la tyrannie lui prépara des fers, il les attendit avec calme, les reçut avec dignité, et en rendit l'empreinte aussi belle que celle des cicatrices qu'il avait reçues en combattant pour la défense de sa patrie. Après une captivité des plus rigoureuses, rendu à la liberté, il fut accueilli par ses concitoyens avec autant de transports que s'ils avaient eux-mêmes recouvré la leur, et sa seule présence à la diète générale réconcilia le peuple suisse avec son médiateur.

Braves Helvétiens, si l'histoire d'un peuple libre est du plus grand intérêt pour tous les hommes, si, pour les âmes sensibles et généreuses, elle est la source des plus saintes émotions, que ne doivent pas être vos fastes, aussi merveilleux et bien plus purs que ceux de la Grèce et de Rome, puisque,. dans vos annales, il n'y a pas une page que les vrais amis de l'humanité ne se plaisent à baigner de leurs larmes ? Puissiez-vous retrouver l'empreinte des miennes dans des vers où, en présence de vos Alpes, et sur votre terre sacrée, j'ai voulu retracer de modestes et sublimes vertus qui demanderaient un poëte dont le pinceau fût comme le burin de votre immortel historien! Ne dirait-on pas que, pour que rien ne manque à votre gloire, le ciel a voulu vous donner Jean de Müller pour la décrire ?

PÉLERINAGE

AUX PETITS CANTONS,

FONDATEURS DE LA LIBERTÉ HELVÉTIQUE.

Salve, Saturnia tellus,
Magna virúm......

SMALL VIRGILE.

FORMIDABLES glaciers, que couronne la nue,
Remparts d'un peuple libre, Alpes, je vous salue!
Alpes! à votre aspect, mon cœur a palpité,
Vers les champs où fut Tell il vole transporté.
  Audacieux sommets, superbes pyramides!
Si de simples bergers, vous fîtes des Alcides;
Chantre de ces héros vengeurs de leurs affronts,
J'irai, plein de leurs feux, j'irai toucher vos fronts:
Que j'entende éclater l'avalanche qui tonne,
Qu'en des déserts glacés la foudre m'environne,
Pareil à l'aigle altier roi des monts et des airs,
J'irai fouler ces pics, au milieu des éclairs.
Alpes! seul avec moi, j'irai lire en silence,
Ce qu'a gravé sur vous l'Éternelle Puissance,
Écouter saintement son éloquente voix,
Et, tout en pleurs, bénir ses adorables lois (1).

---

(1) Il semble, dit Rousseau, qu'en s'élevant au-dessus du séjour des hommes, on y laisse tous les sentimens bas et terrestres,
et qu'à mesure qu'on approche des régions éthérées, l'âme con-

J'entendrai l'orgueilleux qui méconnut son maître,
Tout humble, tout soumis, proclamer le Grand-Être;
Et des plus hauts sommets pieux explorateur,
Répéter, répéter, gloire à leur Créateur !
    Beaux lacs, superbes eaux, où ces augustes masses
Aiment à réfléchir leurs éternelles glaces,
Vous me verrez aussi, sur vos illustres bords,
Les regards sur vos flots, méditer des accords.
De l'homme en ces beaux lieux tout commande l'hommage :
Solitaires abris du poëte et du sage,
Que vous m'environnez de merveilleux tableaux,
D'horreurs et de beautés, de bruit et de repos !
Que d'abîmes profonds, de roches menaçantes,
De gouffres, de torrens, de cascades grondantes !
Et parmi tous ces monts hérissés de débris,
Quel doux luxe de fleurs, de moissons et de fruits !
    Mais quand j'erre, entouré de si grands assemblages,
De sévères beautés et de grâces sauvages,
Est-ce vous que je vois, primitives Tribus,
Qui devant vos tyrans créâtes vos vertus?
Reçois-moi dans ton sein, mémorable contrée,
Pure encor, comme aux jours de Saturne et de Rhée.
Terre vierge, chez toi je viens nourrir mon cœur.
Quel charme de te voir, touchante de candeur,

---

tracte quelque chose de leur inaltérable pureté. Je ne suis jamais
allé sur les hautes Alpes sans me rappeler ces belles expressions du
philosophe genevois : « Être des êtres, je suis parce-que tu es ! C'est
» m'élever à ma source que de te méditer sans cesse. Le plus digne
» usage de ma raison est de m'anéantir devant toi. C'est mon ravis-
» sement d'esprit, c'est le charme de ma faiblesse de me sentir
» accablé de ta grandeur. »

Dans tes mœurs, dans tes lois, sagement immuable ;
Au milieu de tes monts, comme eux inébranlable,
Toute belle de gloire et de simplicité,
De ta fière nature offrir la dignité,
Et graver sur tes rocs, par la main de tes braves,
Comment de leurs destins triomphent des esclaves(1)?
De tes nobles travaux qui ne serait épris ?
Où sont tous ces tyrans par ta haine proscrits ?
En souvenirs sacrés, quels lieux sont plus fertiles ?
Là je vois Marathon, ici les Thermopyles ?
Ici, comme ces monts, tout est prodigieux.
Rome, ne me dis plus tes exploits glorieux,
Et de ton peuple-roi les races triomphales,
Fiers sommets, vous m'offrez de plus chères annales.
Je ne vois parmi vous que de saints monumens
De sermens immortels, d'immortels dévoûmens (2).
Sans doute, votre aspect imposant et sublime
Fit d'un peuple pasteur un peuple magnanime.
Ici, l'homme outragé dans ses droits les plus chers,
Trop grand pour être esclave, eut horreur de ses fers.
Devant tous ces glaciers, devant toutes ces cîmes,
Qui montent jusqu'aux cieux, du profond des abîmes,
De l'aigle des sommets contemplant la fierté,
Il tressaillit d'audace, et cria : « Liberté ! »
Des Alpes, à ce cri, les échos applaudirent ;
A ce cri, du Jura les échos répondirent.

---

(1) De simples millésimes gravés sur des rocs suffisent pour rappeler aux Suisses les mémorables victoires de Morgarten, Sempach, Naeffets, Laupen, etc., etc.
(2) La chapelle de Guilllaume Tell, celle de Vinkelried, etc., etc.

(8)

L'harmonieux ruisseau, le fleuve mugissant,
Le torrent courroucé, le lac retentissant,
La cascade bruyante, et la forêt sonore,
Tout redisait un cri que tout redit encore ;
Et, par les cieux émus, ce long cri répété
Ne prolongeait qu'un vœu : « Liberté ! Liberté ! »
Elle parut : les cœurs s'embrasèrent pour elle.
Tous les cœurs ont depuis brûlé pour l'immortelle.
Pareil à ces beaux lacs où se peignent les cieux,
Le pâtre de ces monts reproduit ses aïeux (1),
Et l'austère nature est une mère tendre (2),
Qui, fière de ses fils, se plaît à les défendre ;
Son courroux, toujours prêt à punir les tyrans,
D'un seul de ses regards glace les conquérans ;
Et, pour l'homme affranchi, propice et libérale,
Du Ciel qui le protége on la dirait rivale ;
Mais aussi quelle mère eut de plus dignes fils ?

Oh ! combien ces beaux lieux sont par l'homme ennoblis !
Vous tous qui palpitez pour les gloires civiques,

----

(1). Les ancêtres de la nation helvétique règnent encore au milieu d'elle ; toujours elle les rappelle, les imite et les recommence. La vie coule dans ces vallées comme les ruisseaux qui les traversent. Ce sont des ondes nouvelles, mais qui suivent le même cours.

L'étranger admire ces montagnes comme une merveille, l'Helvétien les chérit comme un asile où les magistrats et les pères soignent ensemble les citoyens et les enfans.

(Madame de Staël).

(2) La Suisse a été marquée par la nature pour être libre. Les considérations de la politique et les fantaisies des conquérans ne peuvent rien contre la volonté de la nature. La liberté est là sur son sol natal.

(La même).

Les usages, les mœurs et les vertus antiques,
Visitez avec moi ces chaumes, ces chalets,
Asiles consacrés au culte des bienfaits.
Loin du fracas des camps, loin du choc des batailles,
Voyez comme en ces lieux le pâtre a des entrailles ;
Voyez comme il est bon, sensible, hospitalier !
Où sera cependant un plus vaillant guerrier ?
Déjà, pour son pays, formé dès son enfance,
Il l'aime, le bénit et croît pour sa défense.
Que dis-je ! Tendre amant, vient-il près de l'autel,
Consacrer de son cœur le serment solennel ?
Soldat, il y paraît couvert de son armure (1),
Qui toujours fut pour lui sa plus chère parure.
Il est né citoyen, et va se faire époux.
Son sentiment natal est le premier de tous.
Pourtant, qui suivra mieux les lois de l'hyménée ?
Quelle épouse toujours sera plus fortunée ?
Suisse ! tableau si cher de l'union des cœurs,
Qui n'a pas vu chez toi l'âge d'or des pasteurs ?
Mais ces pasteurs, fameux par leurs vertus guerrières,
Généreux aux combats comme dans leurs chaumières,
Ces héros citoyens, qu'indignent les tyrans,
Ne sont pas chez les rois, et moins beaux et moins grands.
   Fidélité touchante, inébranlable amie,
Toujours, pour tes devoirs, prête à donner ta vie ;
Vierge, toujours présente au culte du guerrier,
Et plus belle pour lui que le plus beau laurier,

---

(1) Un Suisse ne peut contracter un engagement conjugal qu'en habit de guerrier, et comme un soldat prêt à voler à la défense de son pays.

En quels temps, en quels lieux, chez les races mortelles,
As-tu jamais offert de semblables modèles ?
L'homme, ici, n'est-il pas tout entier à tes lois ?
Quel sang a plus coulé pour le sang de nos rois ?
Dix-août ! que je voudrais écarter ta mémoire :
Tes barbares fureurs souillent trop notre histoire ;
Mais, aux lieux où sont nés tes augustes martyrs,
Ma douleur se nourrit de leurs grands souvenirs.
Veuve de ces héros, et veuve inconsolée,
Suisse, élève à leur gloire un pieux mausolée,
Et que la France en deuil, y grave ses regrets !
En mourant pour Louis, ils moururent Français.
Que pouviez-vous de plus, généreuses victimes !
Vos aïeux les plus grands furent-ils plus sublimes (1) ?
Depuis qu'avec les siens tomba Léonidas,
Le monde a-t-il pleuré de plus dignes soldats ?
    O mémorable Grèce, immortelle contrée !
Des arts, des lois, des mœurs mère antique et sacrée,
Grèce, hélas ! trop long-temps condamnée à des fers,
Et sous tes fers toujours reine de l'univers,
Que j'ouvre et r'ouvre encor ta merveilleuse histoire,
Tes Codes lumineux, tes beaux fastes de gloire ;
D'un tendre amour pour toi, que, noblement épris,
J'accoure interroger tes éloquens débris ;
Eh bien ! même du sein de ta terre féconde,

---

(1) Un monument national a été élevé à Lucerne à la mémoire
des Suisses morts le 10 août. L'exécution en a été confiée au célèbre
Thorwaldsen, qui a saisi et rendu, avec un admirable bonheur,
une pensée aussi simple que poétique du colonel Psyffer d'Altishoff,
l'un de ceux échappés au massacre. Ce monument a été inauguré le
10 août 1821.

Qui , depuis trois mille ans , a l'hommage du monde ,
Quels souvenirs touchans , quels sentimens profonds ,
Reporteront ma muse au milieu de ces monts ,
Que du savant Haller a chantés le génie ,
Et superbes rivaux des cîmes d'Aonie ;
Avec moins de transport , d'un vol audacieux ,
L'aigle monte , s'élève et plane dans les cieux ;
Autour du chêne altier, qu'il aime et qu'il embrasse,
Avec moins de plaisir le lierre s'enlace.

Terre où le bras de Tell fut guidé par les dieux ,
Où jadis Vinkilrîd tomba si glorieux ,
Où tant de bienfaiteurs , de héros et de sages ,
Toujours plus révérés , traverseront les âges ;
Quel coupable ennemi , quel farouche vainqueur,
A pu lever sur toi son glaive usurpateur (1) ?
Tout me répond : C'est vous , tyrans de ma patrie ,
Dominateurs sanglans de l'Europe asservie ,
Vous qui , de nos guerriers trahissant les hauts faits ,
Voulûtes sur leurs fronts imprimer vos forfaits.
Mais l'opprobre est à vous , l'opprobre est à vos crimes,
Barbares ! et la gloire est toute à vos victimes ;
Elle est à des bergers , qui , trahis par le sort ,
Bravèrent fièrement votre audace et la mort.

-----

(1) Amie sincère et généreuse, alliée fidèle et dévouée, gar—
dienne religieuse de tous ses traités, aussi prodigue de son sang
pour les autres peuples que pour ses confédérés, sans haine, sans
rivalité et sans ambition, la Suisse était de toutes les nations de
l'Europe celle qui devait le moins s'attendre à trouver des ennemis
qui osassent troubler son repos, violer son territoire, le couvrir de
deuil et de ravages, et inonder de sang ses chaumières, toujours
ouvertes au malheur.

Entendez-vous d'Erlach, qui, sommé de se rendre (1),
Vous dit : « De mes aïeux n'outragez point la cendre.
« Pour Dieu, pour la patrie, armant toujours leurs bras,
» Mes aïeux combattaient et ne se rendaient pas.
» Laupen est devant moi ; Laupen me les rappelle ;
» J'ai juré par Laupen de leur être fidèle. »
Hélas ! et des poignards dirigés par vos mains,
Frappèrent ce guerrier, digne des vieux Romains.
Steiguer, Nestor si cher à toute l'Helvétie (2),
Steiguer, qui vainement lui veut donner sa vie,
D'un exil trop cruel épuisant la rigueur,
Mourut loin des beaux lieux présens à son grand cœur.
Combien d'autres mortels, mémorables victimes,
Descendirent encor dans les sombres abîmes !
Lavater meurt frappé, Lavater dont la main
Venait de secourir son barbare assassin (3).
Que d'infirmes vieillards, pères de la patrie (4),

---

(1) Le général d'Erlach était le digne héritier d'un nom dont l'illustration remontait au berceau de la liberté de sa patrie, qui devait son indépendance à Rodolphe d'Erlach, vainqueur de Laupen.

(2) Le célèbre avoyer Steiguer a couronné sa glorieuse carrière par le plus beau dévouement. Il ne quitta point le champ de bataille, et fut continuellement au poste le plus exposé pendant les cinq jours qui précédèrent la reddition de Berne ; échappé miraculeusement aux plus grands dangers, il se retira à Augsbourg, où il mourut à la fin de 1799.

(3) Le célèbre Lavater fut assassiné au siége de Zurich, comme Archimède à la prise de Syracuse.

(4) Le dévouement des bergers des hautes Alpes effrayait leurs ennemis. Des vieillards malades quittèrent leur lit pour aller mourir sur le champ de bataille.

Sous un fer meurtrier exhalèrent leur vie!
Tels que leurs jeunes fils, affrontant le trépas,
Comme eux ils y volaient, et ne l'attendaient pas.
Vous le braviez comme eux, héroïnes sublimes (1),
Que moissonnaient des mains dégoûtantes de crimes;
Et votre sang coulait près du saint monument
Que consacra jadis le plus beau dévoûment.

O filles du chaos! sanglantes Euménides,
Reproduirai-je au jour vos fureurs homicides?
Faudra-t-il rappeler dans de lugubres chants,
Mille et mille forfaits qui glacent tous mes sens?
Devrai-je retracer ces hordes meurtrières,
Ravageant ces cités, ces chalets, ces chaumières;
La flamme dévorant ce qu'oubliait le fer;
Un peuple entier pleurant ce qu'il eut de plus cher (2)?

Muse, de tant d'horreurs écarte les images,
Abandonne à jamais à la haine des âges,
Et les vils proconsuls, et l'affreux Rapinat,
Dont chacun des pensers créait un attentat;
Laisse dans ses arrêts l'inexorable histoire
Jeter dans l'avenir leur sanglante mémoire,
Et par de dignes chants consolant ma douleur,
Célèbre dans tes vers la gloire du malheur.
Muse, retrace-moi des fils d'antique race,
Comme leurs fiers aïeux, combattant la disgrâce.
Entends-les, à grand bruit, descendre de leurs monts;

---

(1) Dans un combat, dix-huit jeunes filles se firent massacrer toutes ensemble près de la chapelle de Vinkelried.

(2) Les hautes vallées de l'Helvétie n'eurent presque plus d'habitans.

De civiques lauriers ils vont parer leurs fronts ;
Et proclamant en chœur le saint nom de patrie,
Tous, pour elle et ses lois, veulent donner leur vie :
Un long cri tout-à-coup est sorti de leurs rangs,
Et les Alpes au loin disent : Mort aux tyrans !
  Mais quel chef va guider des cœurs aussi sublimes,
Et mener aux combats tant de preux magnanimes ?
N'est-ce pas un Reding, un guerrier, un vengeur,
Aussi beau de vertu, que brillant de valeur ?
Fils de Schwytz, n'est-il pas ce fils dont Schwytz s'honore ?
L'héritier d'un grand nom, qu'il agrandit encore (1) !
Muse, peins-moi ce fils d'Apollon et de Mars,
Cultivant dans la paix les vertus et les arts,
Redemandant aux dieux, pour consoler sa vie,
Redemandant l'épouse à son amour ravie ;
Et lorsqu'il ne doit plus la revoir ici-bas,
Pour la rejoindre aux cieux, invoquant le trépas.
Retrace-moi dans lui le sage et le poëte,
Arraché tout-à-coup à sa douce retraite ;
Peins-moi du grand Reding le digne rejeton,
Prêt à recommencer la gloire de son nom ;
Il veut, de son pays fertilisant l'histoire,

----

(1) Aloys Reding était un descendant du vainqueur de Morgarten,
Rodolphe Reding, qui, au commencement du 14ᵉ siècle, donna
la liberté à sa patrie. La perte qu'il venait de faire de sa jeune et
douce compagne, lui faisait rechercher un adoucissement dans le
commerce des lettres et de l'amitié, lorsque les dangers imminens
de sa patrie l'arrachèrent tout à coup à sa retraite, et ne lui lais-
sèrent plus qu'un désir, celui de sauver l'Helvétie, ou de s'ensevelir
sous ses ruines.

(15)

A d'invincibles bras disputer la victoire.
Tout un peuple le suit , et, fier de son appui ,
Tout ce peuple veut vaincre ou mourir avec lui ;
Et lui, lui, tout ému d'une audace si belle ,
Fait entendre ces mots qu'en ces lieux tout rappelle :
  « Compagnons, comme vous, je veux vaincre ou périr.
» Libres nous sommes nés , libres il faut mourir.
» C'est pour la liberté qu'un Dieu nous a fait naître ;
» N'obéissons qu'à lui ; lui seul est notre maître ;
» C'est par lui que jadis nos aïeux défendus ,
» Triomphaient des tyrans qui fuyaient éperdus.
» Ce Dieu terrible et bon, que l'Helvétie implore ,
» De ses nouveaux Gesslers doit la venger encore.
» Coupables envers nous , son bras doit les punir ;
» Innocens envers eux , sa main doit nous bénir ;
» Et, si ce Dieu clément doit frapper la patrie ,
» Fléchissons sa justice au prix de notre vie.
» Sparte n'eut-elle pas ses martyrs généreux ?
» Emules des Trois-Cents, allons mourir comme eux,
» Mourir, comme à Sempach , arrachant la victoire ,
» Tomba ce Vinkilrîd d'éternelle mémoire,
» Ou tels que , pour Louis , d'autres fils de ces monts.
» Tombaient en consacrant la gloire de leurs noms ;
» Tels enfin , qu'en tous lieux , dignes de leur patrie ,
» Meurent dans les combats les fils de l'Helvétie.
» Généreux compagnons , qui ravissez mon cœur,
» Vous ne souffrirez pas qu'un barbare vainqueur
» Souille de nos aïeux la cendre révérée :
» Nos aïeux ont rendu leur poussière sacrée !
» Allons tous la défendre ; allons , et dignes d'eux ,
» N'attendons pas des fers qu'ils trouvèrent honteux.
» S'ils eurent les vertus et de Rome et d'Athènes ,

» Comment sur leurs tombeaux oser traîner des chaînes?

» Leurs mânes glorieux, ces grands monts, ce beau ciel,

» Nous reconnaîtraient-ils pour des enfans de Tell?

» Marchons! ..... J'entends déjà retentir l'esclavage.

» En touchant notre sol, un oppresseur l'outrage.

» De notre liberté nos champs sont le berceau :

» Nos champs qu'elle chérit, seraient-ils son tombeau ?

» Non, plutôt que la tombe aujourd'hui nous dévore!

» La mort est un bienfait pour l'homme qui l'implore.

» Le mortel opprimé doit surtout la chérir.

» Enfans de l'Helvétie, allons vaincre ou mourir. »

Il disait. A sa voix, par des cris unanimes,

Répondaient des bergers, toujours plus magnanimes ;

Et de leurs nobles cœurs, outragés par le sort,

S'échappait un seul vœu : La victoire ou la mort!

Du Ciel qui l'entendit la justice ineffable,

Du cri de l'innocent effraya le coupable.

A l'aspect de Reding, pour la première fois,

A tremblé le soldat qui fit trembler les rois ;

Et Morgarten, si beau de son ancienne gloire,

Morgarten, rajeuni par une autre victoire (1),

Fameux comme Sempach, sacré comme Grutli,

Deux fois pour des Redings d'amour a tressailli.

Ainsi, dignes soutiens d'une terre immortelle,

Ses généreux enfans se dévouaient pour elle ;

Et par de grands malheurs vainement combattus,

Conjuraient les destins à force de vertus.

Telle, de ses héros ranimant la poussière,

La Grèce en ses périls renaissait toute entière ;

____

(1) 2 mai 1798.

Ou tel le peuple-roi, dans ses plus grands revers,
De sa terrible audace effrayait l'univers.

  Mais quel autre mortel, enfant de l'Helvétie (1),
Au nom d'un Dieu clément, marchait pour sa patrie ;
Et le Christ en ses mains, au milieu des combats,
N'aspirait qu'au bonheur de vaincre le trépas ?
Salut, ange de paix, réservé dans la guerre,
Réservé par le Ciel pour consoler la terre !
Pieux Styger, salut ! qui redira jamais
Ce qu'à l'envi ces monts disent de tes bienfaits ;
Comment avec Reding, rivalisant d'audace,
Comme lui, sous tes pieds tu foulais la disgrâce ;
Et tous deux, agrandis sous les coups du malheur,
Avez de vos destins fatigué la rigueur,
Fait pâlir les tyrans , fait rougir les esclaves,
Et rendu fier de vous tout un peuple de braves?

  O Reding! ô Styger ! par le temps rajeunis ,
Vos noms dans vos tribus seront tous deux bénis ;
Tous deux légués au monde, et transmis d'âge en âge,
Recevront ici-bas un éternel hommage.
Qu'ils acceptent le mien ! Le mien est pur comme eux ;
Jamais je ne l'offris à des tyrans heureux :
Il est pour des héros que la terre bénisse ;
Il est pour une gloire et juste et bienfaitrice.
Beau Reding , la tienne est belle à tous les yeux.
Pieux Styger, ta gloire est la fille des Cieux.

---

(1) Aloys Reding eut pour compagnon d'infortune et de dévouement le capucin Paul Styger, accouru du fond du Tyrol au secours
de sa malheureuse patrie. Ses ennemis mêmes lui rendaient justice,
et le peuple le révérait comme un homme venu du ciel.

Et toi , Pestalozzi , toi dont la bienfaisance
Fut pour des orphelins une autre providence ;
A travers des débris de carnage fumans ,
Si tu vins recueillir de malheureux enfans ;
De tes soins généreux si ma muse attendrie ,
Te met au rang des fils gloire de leur patrie ,
Et bénit tes bienfaits , nés du sein des revers ,
Reçois , reçois aussi le tribut de mes vers (1) !
Par vos grandes vertus , par vos élans sublimes ,
Vous étonniez les cieux , citoyens magnanimes ;
Charmés de vos efforts , ravis de vos travaux ,
De vos tribus les cieux ont adouci les maux.
Mais sur elles c'est toi , toi qui fis redescendre
L'antique liberté que ton bras sut défendre ;
Fier Reding , aux combats , au pouvoir , dans les fers ,
Toujours tu t'élevas au-dessus des revers ;
Inflexible toujours , ta noble résistance
Du moderne César désarma la puissance ,
Et d'un malheureux peuple admirable héros ,
Tu lui fis recouvrer ses droits et son repos.

Braves Helvétiens , suspendez vos alarmes ,
Dans votre sort enfin retrouvez quelques charmes.
Vous respirez : les dieux vous ont rendu la paix.
Le reste de l'Europe invoque ses bienfaits.
Quand le Ciel de nos cœurs veut d'autres sacrifices ,
Voyez dans vos destins des destins plus propices ;

---

(1) Une centaine d'enfans qui n'avaient plus ni d'asile , ni de
famille , fut recueillie à Stanz , et livrée aux soins du respectable
Pestalozzi , qui fit sur ces orphelins le premier essai de sa méthode
élémentaire.

Et fidèles toujours à vos sages aïeux,
Gardez avec leurs lois le culte de leurs dieux ;
Vous resterez ainsi sans esclave et sans maître.
On n'est libre jamais qu'en méritant de l'être.
Oui, si d'autres destins sévissaient contre vous,
Soyez par vos vertus préservés de leurs coups ;
Et sur nous si les dieux prolongent leur vengeance,
Restez, restez toujours dignes de leur clémence.

Héroïques pasteurs, tels sont les vœux constans
Que j'adresse à ce ciel qui féconde vos champs.
Je vous suis étranger ; mais vos mœurs me sont chères,
Et je suis, par mon cœur, au nombre de vos frères.

Le ciel entend mes vœux : le ciel à vos vertus
Promet le long bonheur de vos vieilles tribus.
Un Dieu veille sur vous ; c'est le Dieu de vos pères,
Qui des mains des tyrans arracha vos chaumières.
Combien il vous chérit ! vous seuls, Helvétiens,
Quand l'Europe est aux fers, resterez citoyens.
Bergers, naguère, hélas ! battus par les tempêtes,
Naguère mutilés par le fer des conquêtes,
Hommes simples et bons, que cinq siècles de paix
Avaient comblés de biens, au sein de vos chalets ;
Vous qui vîtes soudain l'Europe tout en armes,
Couvrir de ses soldats des lieux si pleins de charmes,
Et sur vos champs, hélas ! devenus des tombeaux,
De vos frères détruits disperser les lambeaux ;
Non, vous n'entendrez plus sur cette belle terre,
Des despotes ligués éclater le tonnerre.
Non, du Scythe farouche, et du Germain altier,
Vos monts ne verront plus l'aigle au vol meurtrier,
Et le Français, hélas ! envers vous si coupable,
Ami qui vous devait un amour immuable,

Et qui, de ses tyrans esclave ensanglanté,
Courut sur votre sol frapper la liberté ;
Le Français, consacrant son ancienne alliance,
Unira dans son cœur l'Helvétie et la France,
Qui, telles que deux sœurs, dans les champs des combats,
Sous les mêmes drapeaux mêleront leurs soldats.

Voyez donc, fils de Tell, voyez votre Helvétie,
Par les dieux et par vous de ses maux affranchie ;
Entendez à l'envi sur vos monts, sur vos bords,
Vos tranquilles bergers redire leurs accords ;
Et souffrez que près d'eux rallumant mon délire,
Je vienne à leurs concerts mêler ceux de ma lyre ;
Et que, trompant ainsi de communes douleurs,
Sur des débris sanglans je sème quelques fleurs.

Mais, comme à vos destins je dois porter envie !
Votre patrie est libre, et la mienne asservie.
La France a triomphé des peuples et des rois,
Hélas ! et n'ose point reconquérir ses droits ;
Dans un morne silence, accusant la victoire,
La France dit au Ciel : « Légitime ma gloire,
Et rends à mon amour mes Bourbons, mes Condés,
Par mes vœux trop long-temps en vain redemandés. »

Et moi, comme elle, aussi victime infortunée,
Redemandant, comme elle, une autre destinée ;
Si loin d'elle je souffre..... heureux Helvétiens,
Laissez-moi près de vous cultiver de vrais biens ;
Jouir, jouir encor de vos mœurs pastorales,
Fouler de vos grands monts les neiges virginales,
Et des plus hauts sommets toujours plus amoureux,
Au sein de leurs frimas alimenter mes feux.

Mais, quel ami des arts, dans d'immortelles veilles,
Peindra de ces glaciers les sublimes merveilles,

M'offrira dans les airs leurs pompeuses hauteurs ,
Et l'abeille à leurs pieds bourdonnant sur les fleurs ?
Qui jamais décrira tous ces grands phénomènes ,
Ces tableaux ravissans , ces magnifiques scènes ,
Qui , sur ces monts altiers , m'inondaient tour à tour
De pensers , de plaisirs , d'innocence et d'amour ,
Et faisaient de mes yeux tomber de saintes larmes (1) ?
    Heureux qui peut en paix goûter de si doux charmes !
Des cités et des cours esclaves corrompus ,
Donnant à des forfaits le titre des vertus ,
D'autres encenseront des maîtres effroyables ;
A leurs pieds, sans remords, enchaînant leurs semblables.
Ami de la nature et de l'humanité ,
Moi , qu'appelaient ces champs où rit la liberté ,
Egaré sur ces monts, errant sur ces rivages ,
J'y venais célébrer les biens des premiers âges ;
J'embellissais mes vers de leurs tableaux touchans ,
A d'illustres pasteurs je consacrais mes chants ;
Et pour mieux retracer les fils de l'Helvétie ,
Je prenais mes couleurs au sein de leur patrie.
Ah! pour moi dans l'exil, qu'elle avait eu d'attraits !
Qu'elle avait sur mes maux répandu de bienfaits !
Fut-il pour l'infortune une plus douce amie (2) ?

---

(1) Quel plaisir, dit le philosophe genevois, que d'observer, en
quelque sorte, une autre nature, et de se trouver dans un nouveau
monde. Ce spectacle a je ne sais quoi de magique, de surnaturel,
qui ravit l'esprit et les sens ; on oublie tout, on s'oublie soi-même,
on ne sait plus où l'on est.

(2) La Suisse a toujours été regardée comme le pays le plus hospitalier, et elle a bien plus que justifié ce beau titre par l'accueil
qu'elle a fait à toutes les infortunes.

Souris à mes accens , terre à jámais chérie
Mais quel nouvel Orphée , amant de tes tribus ,
A laissé de son luth tes grands sommets émus ?
Tu fus chère à l'exil du rival de Virgile,
Et c'est toi qu'en ses chants a célébré Delille,
Quand Delille des arts sauvait le feu sacré.
Poëte moins heureux , et poëte ignoré ,
Je n'ai point son grand art , j'ai toute son ivresse ;
J'ai pour toi tout l'amour du chantre de Gloiresse (1);
Enfoncé comme lui sous tes abris épais,
Si j'aime ton séjour d'innocence et de paix ,
Et l'aspect menaçant de tes masses énormes ,
Et tes belles horreurs et tes beautés informes :
Loin , bien loin du fracas qui suit les conquérans ,
Si j'aime à n'écouter que le bruit des torrens ,
Muses, que n'avez-vous secondé mon délire ,
Vous-mêmes remonté les cordes de ma lyre ;
Que n'ai-je pu..... mais non, le souverain des dieux
Accorde à peu de voix des sons mélodieux ;
Et moi , puis-je égaler ce fils de l'harmonie,
Qui parmi tes bergers venait cacher sa vie ,
Et qui, pour retracer leur hospitalité,
Prêtait à tous ses vers son immortalité,
Et de Bienne, en ses chants , consacrait le rivage ?
O Suisse ! tes échos rediront son hommage ;
Ils rediront qu'alors où d'affreux dictateurs,
Dans de sanglans décrets disputaient de fureurs,
Où tant de rois frappés d'une crainte servile,

---

(1) Village sur les bords du lac de Bienne , où s'était réfugié
M. Delille.

A des proscrits errans refusaient un asile ;
Tes échos rediront qu'en ces jours désastreux,
Chacun de tes rochers cachait un malheureux (1).

---

(1) Admirable vers qui termine l'hommage de M. Delille.

MES ADIEUX A L'HELVÉTIE,

Poëme fait, en 1810, à mon retour de l'Italie, sur les bords du lac de Genève, que j'avais quittés en 1798, lors de l'invasion de la Suisse par les armées françaises.

———

> . . . . *Te solo in littore* mecum ,
> *Te veniente die, te decedente* canebam.
> Virgile.

Salut, dôme éclatant, qu'éleva la nature,
Inaccessible à l'homme, et gravi par Saussure !
Pompeux Mont-Blanc, salut ! Salut, fameux glaciers,
Alpes, et vous, Jura, dominateurs altiers
De ces riches coteaux, de ces terres fécondes ;
Léman, dont ma tendresse a reconnu les ondes ;
Et vous, abris si chers à Julie et Saint-Preux,
Aussi sacrés pour nous, que vous l'étiez pour eux ;
Salut ! devant vous tous, je cède à mon délire,
Et déjà sous mes doigts je sens frémir ma lyre.

O bords inspirateurs, ô fortuné séjour,
Où le chant du poëte est un hymne d'amour !
Majestueux aspects, merveilleux paysages,
Où le Ciel semble offrir un Elysée aux sages ;
Toujours plus attendri de vos charmes touchans,
Je viens vous apporter l'hommage de mes chants.
Ma voix ne sera point une voix immortelle ;

Accueillez cependant une muse fidèle ;
Qui, par le souvenir, citoyenne en ces lieux,
Dans l'absence toujours y reporta ses vœux.
J'en atteste le Ciel, qui, sur ces hautes cimes
Elève la hauteur de ses voûtes sublimes.
J'en atteste ce Ciel : quand un destin jaloux
M'ôta jusqu'au bienfait d'exister près de vous,
Je crus, en vous perdant, perdre une autre patrie,
Et mon regret amer ne vit que l'Ausonie;
L'Ausonie ! . . . , A ce nom, mes maux sont adoucis ;
Je m'éloigne en pleurant, et vos monts sont franchis.
　　Mais je touchais à peine une terre étrangère ;
Celle que je quittais ne m'était que plus chère ;
Je ne retrouvais plus les soins affectueux
Que la vertu gardait au malheur vertueux.
En vain s'offrait à môi la superbe Italie ;
J'avais laissé mon cœur à la simple Helvétie.
Hélas ! armé contre elle, un sort plein de rigueur
Osait . . . . Mais la vertu triomphait du malheur ;
La vertu dans sa lutte était l'effroi du crime ;
L'oppresseur étonné respectait sa victime ;
Elle le désarmait. Telle on vit autrefois
La Grèce à ses vainqueurs commander par ses lois,
Ou telle en ses périls, toujours plus admirable,
Rome dans ses revers restait inébranlable.
Ainsi par des malheurs l'Etat fut raffermi :
Une noble infortune a le ciel pour ami.
　　Muses, belle à vos yeux comme aux beaux jours d'Astrée,
Cette terre pour vous n'est-elle pas sacrée ?
Et des champs où jadis vous descendiez des cieux,
N'a-t-elle pas pour vous l'attrait délicieux ?
Qui décrira jamais ses images sublimes,

Ses coteaux, ses vallons, ses monts et ses abîmes ;
Ses cascades, au loin fatiguant les échos,
Ses torrens orgueilleux du long bruit de leurs flots,
Ses fleuves descendant du séjour des orages,
Ses lacs majestueux, fiers de leurs beaux rivages,
Ses villes, ses hameaux, ses chalets fortunés,
Et ses paisibles champs, de moissons couronnés ?

 Oh ! que n'ai-je un beau luth ! admirable Helvétie,
Je nourrirais chez toi sa douce mélodie.
Tel, autrefois errant aux bords du Sperchius,
Aux coteaux du Taygète, aux vallons de l'Hémus,
Le chantre des Latins y remontait sa lyre.
Ainsi, parmi ces monts fécondant mon délire,
Je viendrais, inspiré par les champs et les cieux,
M'abreuver à longs traits de flots harmonieux ;
Voir et revoir encor d'indomptables contrées ;
Me retracer l'honneur de leurs ligues sacrées,
Leurs sermens, leurs combats, leurs travaux, leurs vertus,
Et devant des bergers les tyrans éperdus.
 D'héroïsme et de paix quelle vieille patrie !
Et par tous ses enfans comme elle est rajeunie !
Muses, la voyez-vous, belle de ses revers,
De son nouveau triomphe attendrir l'univers ?
La liberté jadis lui donna la victoire ;
La liberté toujours féconde son histoire ;
C'est elle qui créa les cœurs helvétiens ;
Elle est pour les humains mère de tous les biens ;
Sans elle tout languit ; tout fleurit avec elle ;
Elle donna le monde à la ville éternelle :
Ainsi que les vertus, elle enfante les arts.
Ici, que de talens attachent mes regards !
De mortels révérés quelle nombreuse élite !

Tigur (1) à mon amour offre son Théocrite ,
Ses Fuëssli , ses Bodmer et ce docte pasteur
Qui mit dans ses écrits les vertus de son cœur,
Laissa voir en mourant l'héroïsme d'un sage ,
Et dont les saints adieux veulent un saint hommage(2).
Orgueilleuse à jamais du chantre de ses monts (3),
Berne , qui m'entretient de ses travaux féconds ,

---

(1) Zurich , que les anciens nommaient Tigur , a produit un grand nombre d'hommes célèbres, à la tête desquels on doit placer Bodmer, un des plus beaux ornemens de son pays. Il est le premier qui ait ranimé en Allemagne le goût et l'étude des Grecs , et qui ait enseigné l'art de les imiter.

(2) Quelle charité chrétienne respire dans les adieux que le cé— lèbre Lavater fit à ses concitoyens peu de temps avant sa mort. Le Fénélon de la Suisse , commença ainsi : « Mes frères , je ne pourrai » vous dire que peu de mots; c'est d'une voix mourante que je vais » occuper votre attention. Mes maux augmentent de jour en jour. » La mort pèse sur ma poitrine brisée. Ces paroles , je le sens , » sont les dernières que je vous adresserai : écoutez—les comme si » elles sortaient de mon tombeau, etc., etc. » Jamais bénédiction pontificale ne fit verser plus de larmes pieuses, que la bénédiction donnée par cette main desséchée , étendue sur la foule qui écoutait avec autant d'admiration que de ravissement et de regrets , les paroles touchantes qui tombaient du haut de la chaire évangélique. Après un an de souffrance , Lavater mourut des suites d'un at— tentat qu'il couvrit lui-même du voile le plus impénétrable. « Que » mes ennemis se rassurent , disait—il , je leur pardonne devant » Dieu et les hommes. »

La ville de Zurich lui a fait ériger un monument à côté de celui du chantre d'Abel.

(3) Le célèbre Haller , l'un des premiers savans de l'Allemagne , auteur du poëme des Alpes , et de plusieurs chefs-d'œuvre lyri— ques , parmi lesquels on distingue les odes sur la Vertu , la Supers— tition , la Gloire , et surtout celle sur l'Eternité.

Me dit : vois les sommets d'où ce vaste génie
Volait tout rayonnant aux cimes d'Aonie ,
Et déjà, dans les chants de son *Eternité*,
Lui-même proclamait son immortalité.
Dans Schaffousen , quel est ce sage qui médite?
C'est Muller, héritier du burin de Tacite.
Sur les bords fortunés, d'Euler enorgueillis ,
J'admire les travaux des nombreux Bernouillis (1).
Toi surtout, toi des arts l'asile et la patrie ,
Beau Léman , plus que toi , qui créa le génie (2)?

---

(1) Dans moins d'un siècle, la famille des Bernouillis a donné
au monde savant huit hommes célèbres.

(2) C'était à Lausanne, l'œil fixé sur les beautés de la Suisse, et
sur les monumens de sa liberté, que l'anglais Gebbon a tracé l'imposant tableau de la décadence de Rome. Une autre ville étonne
le monde, par la quantité prodigieuse d'hommes célèbres qu'à
renfermés son étroite enceinte. La seule Genève eut pu fournir
l'Europe entière de naturalistes, d'historiens et de philosophes :
c'était là que Trembley observait et décrivait les polypes, que
Bonnet sondait les profondeurs de la métaphysique et les abîmes
de la nature ; c'était là que pensait Burlamaqui, l'émule de Gro-
tius, et Abauzit, l'ami de Newton ; que Deluc et Saussure, par
d'heureuses découvertes, par de profondes combinaisons, ou par
de hardies excursions au sommet des Alpes, jetaient les fonde-
mens de la science du globe ; que Mallet écrivait l'histoire des
Suisses, après avoir écrit celle du Danemarck ; que les Tronchin,
les Pictet, les Cramer, les Vernet, réunissaient dans leurs familles
des connaissances et des talens, qu'ailleurs on eût trouvés à peine
dans des académies. Tandis qu'un genevois, Lefort, aidait à ci-
viliser la Russie, un autre genevois, Delolme, expliquait aux anglais les mystères de la constitution anglaise. C'était de Genève,
enfin, qu'était sorti ce J.-J. Rousseau, qui appartient à la France
par sa langue, et à toute l'Europe par son génie, et qui, tant

Qui, plus que toi, l'inspire ! Ici, quels grands tableaux
Alimentent ses feux, animent ses pinceaux;
Ici, combien de noms d'immortelle mémoire !
Un seul, un seul pourtant suffirait à ta gloire.
A des bords pleins de lui faut-il nommer Rousseau?
Ville heureuse, où les dieux placèrent son berceau,
L'univers en tribut t'apporte ses hommages;
Le Ciel avec amour féconde tes rivages;
Les arts à pleines mains te versent tous leurs dons,
Et c'est la liberté qui veille sur tes monts.
Honneur à ton beau lac, délicieuse terre,
Qui produisis Rousseau, qui possédas Voltaire;
Rivaux, qui dans nos cœurs à jamais réunis,
Vivront dans l'avenir, par le temps rajeunis.

Heureux! cent fois heureux, qui vint sur ces rivages,
Y goûter, dans l'exil, la volupté des sages!
Et, sous d'épais abris, tranquille, au bruit des flots,
Aux arts consolateurs dévoua son repos.
Si des plaisirs si purs charmaient ici ma vie,
Pourrai-je te quitter, terre à jamais chérie?
Hélas! et pour toujours te dire mes adieux ?
Mais je suis dans mes champs rappelé par les dieux.

O bons Helvétiens, à mes maux si propices,
De vos heureux chalets si je perds les délices,
Le sort qui si long-temps déshérita mes jours,
Le sort s'est fatigué d'en tourmenter le cours.

---

que dureront les monumens de cette langue et ceux de ce génie,
exercera sur les opinions, en dépit d'elles-mêmes, l'irrésistible
empire de l'éloquence.

(Extrait des *Lettres sur la Suisse*, par M. Raoul-Rochette.)

Je vais enfin revoir une chère patrie :
La vôtre restera dans mon âme attendrie ;
La vôtre animera mes sons et mes pinceaux ;
Je parcourrai d'amour vos cités , vos hameaux.
Que j'y verrai d'attraits ! quelle volupté pure
Me donneront ensemble et l'homme et la nature !
O douce illusion ! dans mes brûlans transports,
Beau Léman , je croirai méditer sur tes bords :
Solitaire et pensif, mon amour idolâtre
Croira de tes grands monts revoir l'amphithéâtre,
L'appareil de tes champs , l'émail de tes coteaux,
La grâce de tes bords , le miroir de tes eaux.
Ombrages de Clarens , rochers de Meillerie ,
Vous charmerez encor ma douce rêverie ,
Et toujours devant vous , l'œil humide de pleurs ,
Toujours je nourrirai de suaves douleurs.

Suisse , toi qui du sort m'adoucissant l'injure,
Eus pour moi les attraits qu'a pour toi la nature ,
Contrée où tout respire et donne le bonheur,
Où le chalet du pâtre est un toit bienfaiteur ;
Terre vierge, où le Ciel semble du premier âge,
Même au sein des cités , fixer la douce image ;
Où seul , la lyre en main, tout ravi , tout ému,
J'aimais à me remplir de paix et de vertu ;
Quand je vais te quitter, quand ma muse plaintive
Jette un dernier regard sur cette illustre rive ;
Lorsqu'à peine ma voix peut retrouver des chants ;
Terre , fille des cieux, pardonne à des accens ,
Trop modique tribut de ma reconnaissance ;
Pardonne-leur aussi , toi , dont la bienveillance
Ouvrit à mon exil un abri protecteur,

Généreux Bonstetten, que je porte en mon cœur (1),
Que ne puis-je aujourd'hui t'offrir un digne hommage,
Qui soit par tous ces monts répété d'âge en âge!
Mais ton nom est partout, et partout révéré,
Ton nom, gloire des arts, leur restera sacré.

---

(1) M. de Bonstetten, membre du Conseil souverain de Berne, ex-baillif de Nion, un des savans et des écrivains les plus distingués de la Suisse.

www.ingramcontent.com/pod-product-compliance
Lightning Source LLC
Chambersburg PA
CBHW061755060726

47597CB00007B/2953